Pourquoi nous nous rencontrons toujours deux fois

Le début de la fin

Jessica Hintz

États-Unis
2024

Imprimer

Titre du livre : Pourquoi nous nous rencontrons toujours deux fois
Sous-titre du livre : Le début de la fin
Auteur : Jessica Hintz

Auteur : Jessica Hintz
Contact : boxingboy898337@gmail.com

CONTENU

Sierra:

Je devenais agité. La voiture de patrouille ressemblait à une prison en mouvement et j'étais si près de m'assoupir. C'était mon dernier jour de stage de deux semaines dans la police, et je ne pouvais m'empêcher de me sentir un peu mélancolique. Bientôt, je retournerais chez mes parents et mes deux jeunes frères. Je ne pouvais pas non plus oublier mon frère de 18 ans, qui faisait toujours du bruit à la maison. Malgré cela, il y avait une personne qui a rendu l'idée de partir un peu plus facile : ma meilleure amie, Leyla. En ce moment, je vivais chez mes grands-parents. Mon oncle et ma tante vivaient à proximité avec leurs quatre enfants et mon oncle travaillait dans la police, c'est ainsi que j'ai obtenu ce stage en premier lieu.

Alors que nous roulions dans la rue principale, j'ai regardé par la fenêtre, complètement ennuyé. Le paysage ressemblait à un flou de maisons, de rues et d'une gare. Même vieux, même vieux. Mais soudain, quelque chose a attiré mon attention. "Nous allons l'acheter!" La voix de Lenni brisa la monotonie et je relevai la tête de surprise. Il y avait un conducteur de scooter qui roulait à toute vitesse dans la rue. Enfin, quelque chose qui ne se limite pas aux maisons !

Nous avons pris un virage serré dans un parking et avons fait signe au conducteur du scooter de s'arrêter. "Permis de conduire et papiers du véhicule, s'il vous plaît!" Lenni a crié de sa voix sévère de policier. Le jeune homme se moqua, sa voix rauque et pleine d'attitude, me faisant froid dans le dos. L'accent du sud était prononcé, mais il y avait autre chose dans son ton que je n'arrivais pas à situer. Il ôta son casque et ma respiration se bloqua dans ma gorge. Pendant un instant, j'ai failli trébucher sur mes pieds en m'approchant de lui.

J'ai rapidement récupéré, me forçant à me concentrer. Il était incroyablement attirant, avec des cheveux noir de jais, une peau qui faisait allusion à ses racines méridionales et des yeux qui étaient exactement le contraire de ce à quoi je m'attendais. Au lieu du brun chocolat chaud auquel je m'attendais, j'ai rencontré des yeux bleu glacier perçants qui semblaient scintiller de curiosité et de surprise. Il ne pouvait pas avoir plus de 17 ans, mais la façon dont il se comportait le faisait paraître beaucoup plus mature. Mesurant environ six pieds de haut, sa constitution musclée montrait clairement qu'il n'était pas quelqu'un avec qui jouer. Et pourtant, il était là, me souriant d'un sourire effronté, presque malicieux, qui montrait des dents d'un blanc parfait.

Je ne pus m'empêcher de sourire en retour, correspondant à son expression effrontée. J'ai jeté un coup d'œil à son scooter et j'ai dû réprimer un sourire. Il était évident que son véhicule avait été considérablement modifié : mon cousin m'avait récemment montré à quoi ressemblait un scooter comme celui-ci lorsqu'il était réglé au maximum. J'ai tapoté le côté de son scooter et j'ai murmuré : « Joli scooter. »

Il m'a lancé un regard qui disait clairement : « Ne dis rien », mais le message était trop clair pour être ignoré. J'ai haussé un sourcil en retour, le mettant silencieusement au défi de me défier. Ses yeux se tournèrent entre moi et le scooter, visiblement incertain de ce que je pourrais faire ensuite. La pensée m'a traversé l'esprit : dois-je le dénoncer ? Dois-je respecter les règles ou lui laisser une pause ? Mon débat intérieur a fait rage, mais à la fin, j'ai décidé que c'était ma « journée sociale » et que ce ne serait pas moi qui gâcherais son plaisir.

Son regard était toujours intense, attendant ma décision. Je le laissai mijoter un moment avant de finalement secouer la tête, lui adressant un sourire chaleureux. Le soulagement l'envahit et je pouvais presque voir la tension s'évaporer de ses épaules. Lenni, remarquant ce moment, cria : « Est-ce que tout va bien ?

Je n'ai pas pu résister au sarcasme dans ma voix lorsque j'ai répondu : "Ouais, tout est tout à fait normal !" Lenni semblait y croire, même si le garçon à côté de moi me regardait toujours avec méfiance, se demandant probablement si j'étais sur le point de le dénoncer.

J'ai fait le tour du scooter en prenant mon temps pour l'examiner. Debout à côté du garçon, j'ai dit assez fort pour qu'il entende : « Tu as de la chance que ce soit ma journée sociale, sinon tu perdrais ton permis et ton scooter. Alors, jouez gentiment. Il me sourit, une lueur d'amusement dans les yeux. "Comment sais-tu qu'il y a un problème avec mon scooter ?"

Je n'ai pas pu m'empêcher de sourire gentiment. "Eh bien, disons simplement que j'ai vu suffisamment de scooters gonflés pour en reconnaître un quand je le vois." Son expression changea, à la fois surpris et impressionné qu'une fille comme moi en sache autant sur les scooters.

Je suis retourné vers Lenni en lui disant : "Tout va bien !" en espérant qu'il ne se douterait de rien. Il m'a fait un léger signe de tête et a rendu les documents au garçon, qui les a récupérés, visiblement soulagé. Il me regardait toujours avec de la gratitude dans les yeux, même si j'ai dû lutter pour réprimer mon rire.

Lenni dit au revoir au garçon, s'excusant pour l'arrêt, avant de retourner à la voiture. Je restai là, ne sachant soudain pas quoi dire. Normalement, je n'étais jamais à court de mots, mais me tenir devant ce garçon me semblait différent. Il m'a souri, le genre de sourire qui semblait égayer même le ciel terne et couvert. Ses yeux bleus pétillèrent lorsqu'il dit : « Merci. Merci de ne pas m'avoir dénoncé. Cela signifie beaucoup pour moi.

Je clignai des yeux, surpris par sa sincérité. Sans réfléchir, j'ai laissé échapper : « Wow, un macho italien qui sait dire merci. Je ne m'attendais jamais à ça ! Il rit et je pouvais voir l'amusement danser dans ses yeux.

"Eh bien, c'est peut-être parce que je ne suis pas seulement italien", dit-il, son sourire se transformant en un sourire plus enjoué. «Je vous remercierai encore. J'espère que nous nous reverrons un jour.

Sur ce, il a enfilé son casque, a sauté sur son scooter et est parti à toute vitesse en me faisant un dernier signe de la main. Je restai là un moment, sentant une étrange chaleur se répandre en moi, comme si sa présence avait laissé une empreinte sur ma journée.

En revenant vers la voiture de patrouille, je me suis glissé sur le siège passager, encore un peu abasourdi par la rencontre. Je n'avais aucune idée de qui était ce garçon, mais d'une manière ou d'une autre, je me sentais à l'aise avec lui, ce que je ressentais rarement avec des étrangers. J'avais hâte de raconter cette expérience à Leyla.

La voix de Lenni m'a ramené à la réalité. "Encore un arrêt, et encore une fois, rien d'intéressant", dit-il avec un soupir. Mais je ne pouvais pas m'empêcher de sourire intérieurement. Nous avions définitivement trouvé quelque chose aujourd'hui – même si, bien sûr, Lenni n'en avait aucune idée.

Le retour de l'étranger

Présent:

J'étais complètement abasourdi. Je n'aurais jamais pensé le revoir, et pourtant, il était là, debout juste devant notre classe, regardant autour de lui avec une expression ennuyée. Le choc m'a frappé durement et pendant un instant, je n'ai pas pu y croire. Je me souvenais encore de notre première rencontre comme si c'était hier, même si cela faisait presque un an et demi. À l'époque, j'avais désespérément voulu le revoir, mais cela ne s'est jamais produit, même si ma meilleure amie Leyla et moi avions le plan parfait pour y arriver.

Leyla a toujours été ma meilleure amie, bien avant que je déménage. En fait, nous nous sommes rencontrés grâce à mon cousin. Elle sortait avec lui depuis deux mois, mais les choses ne s'arrangeaient pas entre eux. A partir de ce moment, Leyla et moi sommes devenus inséparables. Nous étions comme des âmes sœurs, sachant toujours exactement ce que ressentait l'autre, même sans dire un mot. Même maintenant, je pouvais sentir son regard sur moi, son regard interrogateur traversant le choc sur mon visage. Je lui ai jeté un coup d'œil, toujours les yeux écarquillés, et elle a immédiatement compris à quoi je pensais. Le garçon qui se tenait devant la classe était le même que celui que j'avais tellement voulu revoir après cette première rencontre.

Je l'ai étudié attentivement, essayant de comprendre les changements. Il était différent, mais le même à bien des égards. Ses cheveux noirs étaient toujours aussi beaux que dans mes souvenirs, même s'ils pendaient désormais en désordre sur son front d'une manière à la fois froide et rebelle. Cela semblait facile, presque comme s'il appartenait à quelqu'un qui ne se souciait pas des règles, quelqu'un qui prospérait à la limite. Mais il y avait aussi quelque chose dans tout cela qui le faisait paraître distant, presque comme s'il portait un fardeau.

Ses yeux étaient du même bleu glacier perçant qui m'avait captivé depuis le début. Mais maintenant, il y avait quelque chose de plus en eux, quelque chose de plus sombre. Son visage, autrefois rempli de vie, semblait maintenant presque vide, supprimant toute émotion. Et pourtant, dans ses yeux, je pouvais voir de légères traces de douleur, de souffrance et de colère. Le changement en lui était indéniable. Il avait autrefois rayonné de bonheur et de joie, mais maintenant, tout ce que je pouvais ressentir était un profond et lourd chagrin.

Que lui était-il arrivé ? Qu'est-ce qui a bien pu provoquer un changement aussi radical ? Les gens ne se transforment pas ainsi à moins que quelque chose de monumental ne les ait ébranlés. Il avait toujours été fort, mais maintenant, il semblait encore plus musclé — si cela était seulement possible. Son corps semblait avoir été taillé dans la pierre, et son visage... eh bien, c'était le genre de visage qui rendrait même Adonis jaloux. Il était indéniable qu'il était désormais dangereux. L'aura autour de lui était presque menaçante, et je ne pouvais m'empêcher de penser que s'il devait se battre, il gagnerait, sans poser de questions.

Je le regardais, incapable de détourner mes yeux. Son expression était illisible, dure et presque arrogante. Il y avait maintenant un sentiment de supériorité chez lui, un air condescendant qui suggérait qu'il avait traversé beaucoup de choses et qu'il en ressortait de l'autre côté avec une puce sur l'épaule. Parfois, c'était presque effrayant.

Leyla m'a donné un coup de coude brusque, me rappelant que je le regardais depuis trop longtemps. Je suis sorti de ma transe, me sentant un peu gêné, et j'ai rapidement tourné mon regard vers l'avant. Notre enseignante, Mme Walter, a demandé au garçon de se présenter. Il hocha nonchalamment la tête, ce même sourire malicieux jouant au coin de ses lèvres. C'était le genre de sourire qui vous disait qu'il préparait quelque chose, quelque chose de dangereux, et pendant une seconde, je n'ai pas pu m'empêcher de me demander à quel point il avait changé depuis la dernière fois que je l'avais vu.

L'ÉCOLE DES DÉFIS

Louis :

Où diable suis-je ? Mon père voulait vraiment que je retourne à l'école, mais cet endroit ? Sérieusement? Il a toujours de bonnes intentions, mais cette école est pratiquement inutile pour moi. Il n'y a presque rien ici qui pourrait être d'un quelconque avantage réel, sauf peut-être, et je dis peut-être, que je pourrais m'amuser à draguer quelques filles. C'est une chose à laquelle je réfléchirai plus tard, mais pour l'instant, je devrais probablement me présenter au groupe de personnes qui me regardent. Eh bien, changeons un peu cet endroit.

"Pas grand chose à dire, vraiment", ai-je commencé, sentant les yeux de toute la classe sur moi. « Je m'appelle Louis. Je viens d'avoir 18 ans et mon père pense que c'est une bonne idée pour moi de retourner à l'école. Me voici donc. Quand je ne suis pas là, je passe mon temps à vendre de la drogue, et le reste de mon temps est consacré à ce que mes amis et moi faisons. Et bien, je m'amuse toujours beaucoup avec les femmes... mais je ne suis pas vraiment difficile à ce sujet.

J'ai fait un sourire diabolique à la classe, puis j'ai tourné mon attention vers Mme Walter, la vérifiant. Elle n'était pas trop mauvaise, en fait. Je suppose qu'elle avait environ 29 ans, mais ses vêtements la faisaient paraître beaucoup plus vieille. Son corps était correct, mais je préférais aller vers des filles plus proches de mon âge. Mme Walter s'éclaircit la gorge, essayant de reprendre le contrôle de la classe, et demanda si quelqu'un avait des questions. Une douzaine de filles ont immédiatement levé la main. J'ai aimé ça.

J'ai scanné la classe, puis j'ai croisé les yeux avec la première fille que j'ai vue. "As-tu une petite amie?" Ai-je demandé avec un sourire narquois.

« Non, pas maintenant. Mais je suis prêt à m'amuser. Si le bon arrive, je m'installerai peut-être. Mais je ne crois pas au véritable amour.

Avant de pouvoir répondre, j'ai entendu des remarques sarcastiques venant de la dernière rangée. Je me suis retourné pour voir deux filles rire, se moquant clairement de moi. L'une d'elles me semblait familière, mais je n'arrivais pas à la situer. Elle leva la tête et croisa mon regard avec un sourire narquois. Puis, elle leva la main. J'ai haussé un sourcil.

"Oh non, désolé, mais c'est un peu trop personnel pour une question", dis-je en faisant semblant de la repousser.

Elle sourit, imperturbable. « Non, ça va. Je vais poser la question et vous pourrez décider si elle est trop personnelle.

Elle et son amie échangèrent un regard, puis la jeune fille au sourire narquois parla. « Depuis quand les Italiens ont-ils les yeux bleu glacier ?

La question m'a pris au dépourvu, mais je n'allais pas le laisser paraître. « Comment en êtes-vous arrivé là ? » Ai-je demandé, faisant semblant d'être intrigué.

Ils échangèrent à nouveau des regards, souriant comme s'ils attendaient que je pose cette même question. Leyla — c'était son nom — se pencha en avant et sourit. "Eh bien, depuis quand les Italiens ont-ils les yeux bleu glacier ?"

Je m'attendais à ce qu'elle dise quelque chose comme ça, alors j'ai souri et j'ai répondu : "Eh bien, si je portais des lentilles de contact marron, je pourrais au moins nier une partie de ma nationalité."

Leyla ne semblait pas du tout surprise, comme si elle savait exactement ce que j'allais dire. Une voix au dernier rang a crié : « Alors, d'où viens-tu ?

Je leur ai fait un sourire arrogant. "Comme Leyla l'a dit, j'ai principalement des racines italiennes, mais j'ai aussi du sang américain et finlandais en moi."

La mâchoire de Leyla tomba. L'autre fille était pratiquement en larmes de rire. Puis Mme Walter, dont j'avais complètement oublié qu'elle était encore dans la pièce, s'éclaircit la gorge et dit : « Cela fait assez de questions pour l'instant. Vous aurez tout le temps de faire connaissance. Mais pas dans ma classe. Tu peux t'asseoir à côté de Tiffany.

Tiffany était la fille assise à côté de moi. Elle ressemblait à une jolie fille typique, mais j'avais déjà envie de profiter au maximum de cet enfer d'école.

J'ai pris place à côté de Tiffany, et c'est à ce moment-là que j'ai remarqué que j'étais assis à côté de la fille qui était assise à côté de Leyla. Leyla m'a regardé comme si elle avait vu un fantôme, encore en train de réfléchir à ce qui venait de se passer. Son amie, qui était également magnifique, n'a pas pu retenir son rire et a failli tomber de sa chaise.

Puis, comme si les choses n'étaient pas assez compliquées, la porte s'est ouverte et un autre beau mec est entré. Apparemment, les deux filles à côté de moi s'étaient calmées parce que j'ai entendu Leyla siffler fort à son amie : « Oh super, on peut Je n'obtiens même pas un jour de paix de sa part. Quelle est la prochaine étape, un bus qui l'écrase ?

Je me suis retourné pour voir le nouveau gars et je n'ai pas compris quel était le problème. Il ressemblait à un mannequin, pour crier à haute voix. Les filles lui tomberaient probablement dessus, tout comme elles l'avaient fait avec moi. Il avait les cheveux noirs, était grand, musclé et, à en juger par son accent et son apparence, probablement italien aussi. Mais quand il parlait, j'ai remarqué autre chose : ses yeux gris clair.

Il a souri et a dit : « Enfin, quelqu'un qui comprend ! Puis-je m'asseoir à côté de toi ?

J'ai souri et hoché la tête. Mme Walter ne semblait pas s'en soucier, prenant probablement des notes ou quelque chose du genre. Le nouveau gars se dirigea vers l'arrière et murmura quelque chose à Tiffany, qui parut soudain horrifiée et se déplaça vers un autre siège.

«Hé, je m'appelle Ryan. Cool d'avoir un autre Italien ici ! dit-il.

J'ai souri en retour et j'ai dit : "Ouais, cet endroit est devenu un peu plus intéressant."

Ryan s'est assis et j'ai entendu Leyla gémir à côté de moi. Ryan se pencha et m'accueillit avec un sourire. « Hé, Sierra, Leyla ! »

Sierra, l'autre fille, le salua en retour, mais Leyla lui lança un regard comme si elle voulait l'étrangler. Ses yeux étaient froids comme de la glace et elle me lança un regard dégoûté. Mais Sierra, de son côté, me regardait avec curiosité et avait l'impression qu'elle m'évaluait.

Ryan se pencha en arrière et se tourna vers moi, une lueur malicieuse dans les yeux. "Alors, qu'as-tu d'autre à part des racines italiennes ?"

J'ai haussé un sourcil. "Moitié italien, un quart américain et un quart finlandais."

Ryan sourit. "Bon. Pas étonnant que Leyla ne puisse pas te supporter.

J'étais confus. "Attends, qu'est-ce que tu veux dire?"

Ryan sourit comme s'il avait toutes les réponses. « Vous ne le saviez pas ? Leyla est également à moitié finlandaise et elle ne pense pas que des ordures comme nous appartiennent à la même nationalité qu'elle.

Mes yeux se sont agrandis. « Leyla est à moitié finlandaise ? Elle n'en a pas l'air.

Ryan rit. « Elle le cache bien. Mais croyez-moi, elle l'a en elle.

J'ai de nouveau regardé Leyla. Elle ne semblait pas avoir du sang finlandais en elle, mais là encore, elle restait fermée. Son amie, Sierra, était une autre histoire. Elle semblait plus ouverte, mais toujours sur ses gardes. Ryan n'arrêtait pas de parler.

« Sierra est aussi un pays difficile. Elle a une carapace dure, mais il y a quelque chose en elle. Elle a déjà été blessée, et maintenant elle veut jouer cool. Mais n'essayez rien. Tu ne veux pas la déranger.

Je n'ai pas pu m'en empêcher. J'étais intrigué. «Je vais la faire mienne. Je la mettrai au lit dans deux mois.

Ryan a ri. "Toi? Mec, tu ne sais pas à quoi tu es confronté. Tous mes amis ont essayé et échoué. Mais si vous y parvenez, je serai impressionné. Qu'est-ce que j'obtiens si vous ne réussissez pas ?

J'ai réfléchi un instant. "Celui qui perd doit acheter à l'autre une nouvelle moto."

Le sourire de Ryan s'élargit. « Vous visez haut. Très bien, le pari est lancé.

Je commençais à me demander dans quel genre de pétrin je m'étais mis. Mais je n'allais pas reculer maintenant. Cela allait être amusant.

Sierra:

C'était assez incroyable d'avoir mon nouvel ancien ami assis juste à côté de moi. C'était presque surréaliste, comme si je devais continuer à le regarder pour m'assurer de ne pas rêver. Mais, aussi grave soit-il, il y avait un gros problème. Ryan avait décidé de s'asseoir à côté de lui, ce qui signifiait qu'il était pratiquement également à côté de Leyla. Et j'étais là, coincé entre eux, ce qui me donnait l'impression d'être au milieu d'une bombe à retardement. Le fait que Leyla et Ryan aient toujours cette tension constante n'aidait pas, surtout lorsqu'il s'agissait d'être proches l'un de l'autre. Ils avaient tous les cours ensemble et Leyla veillait toujours à s'asseoir aussi loin que possible de lui. Ryan, de son côté, cherchait toujours des moyens de discuter avec elle, même si elle ne pouvait pas le supporter. C'était comme s'ils étaient destinés à s'affronter.

Mais je pouvais déjà dire que quelque chose n'allait pas. Leyla était furieuse intérieurement, faisant de son mieux pour ne pas exploser. Ses yeux tiraient pratiquement des poignards, et je savais que quiconque oserait croiser son chemin à ce moment-là vivrait une période difficile. Je lui ai jeté un coup d'œil, sachant que lorsque Leyla était en colère, rien ne pouvait l'arrêter.

Leyla et moi étions comme des sœurs depuis que je l'avais rencontrée par l'intermédiaire de mon cousin. C'était un lien que nous avions formé instantanément et nous étions depuis inséparables. Elle avait perdu sa sœur alors qu'elle n'avait que quatre ans, et même si cela lui pesait beaucoup, elle n'a jamais vraiment eu l'occasion de s'en remettre. Elle avait un frère, mais comparée à moi, qui avait la chance d'avoir deux frères plus jeunes et un frère aîné maintenant à l'université, la situation familiale de Leyla était un peu différente.

Vous pourriez penser que Leyla et moi avions des tonnes de petits amis, mais vous auriez complètement tort. Mon cousin était sorti avec Leyla pendant un certain temps, mais cela n'avait pas fonctionné et ils se sont séparés en bons termes. Quant à moi, mon premier petit ami était en fait le meilleur ami de mon cousin. Mais cela n'a pas duré longtemps et il a fini par s'éloigner. Pendant un moment, j'ai pensé que Leyla pourrait avoir des sentiments pour Ryan, c'est pourquoi elle se disputait toujours avec lui, mais je n'en étais plus si sûr. Elle avait une haine particulière envers tous ceux qui devenaient amis avec Ryan, surtout s'ils étaient finlandais. Toute personne faisant partie de ce cercle était automatiquement sur sa liste noire.

Mais même moi, je n'étais plus sûr de ce qui se passait. Elle s'était disputée avec Ryan à propos de quelque chose de ridicule, et je ne savais même pas si elle avait tort cette fois. La cloche sonna, signalant l'heure de la pause, et nous nous dirigeâmes vers la cafétéria.

Lorsque Leyla se fâchait contre quelqu'un, elle avait l'endurance d'une marathonienne. Aujourd'hui, elle était dans une de ses diatribes, n'arrêtant pas de répéter à quel point Ryan était idiot et pourquoi diable il avait eu l'audace de s'asseoir à côté d'elle et de lui parler. Je lui ai juste souri et j'ai hoché la tête, la laissant se défouler. Je savais qu'il lui faudrait du temps pour tout sortir de son système.

Quand nous sommes arrivés à la cafétéria, elle n'était pas encore prête, mais nous avons été interrompus par deux idiots familiers qui se tenaient juste devant nous. Si Leyla était en colère contre quelqu'un, il valait mieux l'éviter pendant les prochaines 24 heures, à moins que vous ne vouliez risquer votre vie. Et le fait que l'un d'eux soit Ryan n'arrangeait pas les choses.

"Tu parles de nous?" » demanda Ryan, la voix débordante d'arrogance. J'ai essayé d'intervenir, avec l'intention de faire sortir Leyla de la cafétéria, mais Leyla n'en voulait pas. Elle était déterminée à s'en occuper.

"Oui, bien sûr, Ryan, le monde tourne autour de ton stupide petit ego. J'adorerais que tu t'étouffe avec tes commentaires stupides, salaud !» » craqua Leyla, sa fureur était claire. Et avec cela, la tempête avait officiellement commencé, et il n'y avait plus aucun moyen de l'arrêter.

Ryan, visiblement abasourdi, a demandé : « Pourquoi vous disputez-vous toujours tous les deux ?

Avant même de pouvoir répondre, j'étais déjà de mauvaise humeur. Je lui ai sifflé: "Comme si cela ne te regardait pas, et pourquoi diable me parles-tu?"

Ryan, visiblement ennuyé, a essayé de s'en débarrasser. « Wow, calme-toi ! C'était juste une petite question !

J'ai rétorqué : « Calme-toi ? Alors que Leyla et Ryan vivent leur combat habituel pour la énième fois cette année ? Ouais, ça semble être une bonne idée.

Mia Bella, une voix interrompue, parlant avec un doux accent italien, "La vie est trop courte pour être bouleversée à propos de ses amis."

Au début, je me sentais flatté, mais ensuite je me suis mis en colère contre moi-même de ressentir cela. Pourquoi avais-je été si charmé par ses paroles ? J'aurais peut-être dû suivre des cours d'italien plutôt que d'espagnol à l'école.

« Qu'est-ce que tu crois faire en me disant quoi faire ? Et c'est quoi ces absurdités sur « Mia Bella » ? Lui ai-je crié, complètement contrarié.

Juste au moment où j'étais sur le point de perdre la tête, il y a eu un cri de rage et quelqu'un m'a attrapé et m'a tiré hors de la cafétéria. J'ai gémi intérieurement. Super, maintenant je devais écouter Leyla divaguer à ce sujet toute la journée.

Une fois sortis de la cafétéria, nous sommes tombés sur mon cousin et son ami Lucas. Lucas avait un énorme béguin pour Leyla, mais elle ne s'intéressait pas à lui. Elle le poussa rapidement et courut vers nos casiers, toujours furieuse.

Mon cousin m'a regardé avec pitié dans les yeux et m'a demandé : « Encore Ryan ?

J'ai roulé des yeux, visiblement marre. Tout le monde était au courant des disputes constantes entre Leyla et Ryan.

Il hocha la tête avec sympathie et dit : « Bonne chance » avant que je parte à la poursuite de Leyla.

À ce moment-là, je savais que le reste de la journée allait être longue, remplie de tensions et de disputes sans fin, et que je serais probablement coincé au milieu de tout cela.

Louis :

J'ai jeté un coup d'œil à Ryan, qui était assis là avec une expression suffisante, regardant droit devant lui. Curieux de connaître la tension entre lui et Leyla, j'ai décidé de lui demander. "Pourquoi Leyla et toi vous disputez toujours ?" Ai-je demandé, espérant avoir un aperçu de la situation. Comme je n'avais rien pu tirer de Sierra, peut-être que Ryan serait plus ouvert.

Ryan haussa les épaules nonchalamment, toujours avec cet air suffisant sur le visage. "C'est comme ça entre nous. Ça a toujours été comme ça", dit-il d'un ton décontracté.

Je n'étais pas convaincu. "Il doit y avoir plus que ça," insistai-je, impatient d'entendre ce qu'il avait à dire. Sa réponse était évasive, mais j'étais déterminé à aller au fond des choses.

Ryan a semblé hésiter un instant avant de reprendre la parole, et quand il l'a fait, les mots qui sont sortis m'ont surpris. "Eh bien, nous étions en fait les meilleurs amis à l'école primaire", commença-t-il, une lueur espiègle apparaissant dans ses yeux. "Mais ensuite je l'ai exposée une fois devant toute l'école, et depuis, elle me déteste. Je pense que c'est vraiment drôle de discuter avec elle maintenant."

Je ne pouvais pas croire ce que j'entendais. "Meilleurs amis ?" Répétai-je, ma voix montant avec incrédulité. Les mots semblaient impossibles à concilier avec l'animosité qui les unissait. "Tu te moques de moi ? J'ai toujours eu le sentiment qu'elle préférait te voir mort !" Mon esprit s'emballait, essayant de comprendre ce que Ryan venait d'admettre. Comment avait-il pu être le meilleur ami d'elle et ensuite faire quelque chose d'aussi cruel ?

Ryan, apparemment amusé par ma réaction, m'a fait un sourire narquois mais a également semblé m'étudier pendant un moment, essayant peut-être de déterminer si j'étais quelqu'un à qui il pouvait se confier. Il a baissé les yeux vers le sol, un geste qui lui semblait étrangement déplacé. place pour quelqu'un comme lui, typiquement l'Italien confiant et arrogant.

"Je te le dirai une autre fois," marmonna-t-il dans sa barbe, revenant rapidement à son attitude machiste habituelle. Son sourire revint et il me regarda avec un air de confiance désinvolte. "Quoi qu'il en soit, laissez-moi vous présenter mes amis."

Toujours en train de traiter ses paroles, j'ai hoché la tête, un peu confus par tout cet échange. Que s'était-il passé entre lui et Leyla pour rendre leur relation si toxique ? J'ai suivi Ryan jusqu'à une table voisine où ses amis étaient réunis, l'esprit tourbillonnant de questions. Il n'y avait apparemment que six autres Italiens dans cette école, en comptant Ryan et moi. Quatre d'entre eux avaient un an de moins que nous et les deux autres, qui se présentaient comme Paco et Antonio, étaient dans notre classe.

Alors que Ryan faisait signe à ses amis, je ne pouvais m'empêcher de me sentir encore plus perplexe face au réseau complexe de relations qui m'entouraient. Les mystères concernant Ryan et Leyla, Sierra et même ma propre place dans tout cela commençaient à s'accumuler. Aurais-je un jour les réponses que je cherchais ? Ou étais-je destiné à rester pris dans le chaos de leur vie ?

Sierra:

Lorsque j'ai rattrapé Leyla à nos casiers, je l'ai trouvée assise par terre, le regard fixé au loin, une expression d'exaspération sur le visage. Sans dire un mot, je m'assis à côté d'elle, lui laissant l'espace nécessaire pour rassembler ses pensées. Le silence entre nous était plus lourd que ce à quoi je m'attendais. J'ai cependant remarqué qu'il y avait autre chose qui lui préoccupait l'esprit, quelque chose de bien plus profond que les disputes constantes avec Ryan. Il était clair que nous n'avions pas pris le temps de vraiment parler depuis un moment.

"Que se passe-t-il?" Ai-je demandé, ma voix douce mais inquiète.

Leyla me regarda, ses lèvres retroussées en un léger sourire. "Tu as raison. Il n'y a pas que Ryan. Il n'en vaut pas la peine." Sa voix était empreinte d'une tristesse que je ne pouvais pas ignorer. "Mais tu as aussi raison, il y a plus que ça."

J'ai haussé un sourcil, attendant qu'elle continue. "D'accord, alors dis-moi. Que se passe-t-il ?"

Elle soupira, ses épaules s'affaissant de frustration. "Il n'y a pas que Ryan", dit-elle doucement, sa voix à peine au-dessus d'un murmure. "Mes parents ont entendu parler de nos disputes quotidiennes et maintenant ils veulent soit parler au directeur, soit, pire, m'envoyer dans un internat. Mais ce n'est même pas le pire. Mon petit frère est victime d'intimidation tous les jours à l'école. l'école, et maman et papa ne semblent pas s'en soucier du tout. Elle détourna le regard, comme si le poids de tout cela était devenu trop lourd à supporter.

Je la regardai sous le choc. Pensionnat? Leyla ? Je ne pouvais pas l'imaginer être renvoyée, pas maintenant, pas au moment où j'avais le plus besoin d'elle. L'idée d'affronter ma dernière année sans elle à mes côtés me semblait un avenir insupportable.

"Attends", réussis-je finalement, ma voix tremblante. "Ils ne peuvent pas t'envoyer en internat, Leyla. Tu ne peux pas y aller."

Elle sourit faiblement. "Je sais. Je ressens la même chose. Mais ce n'est pas comme si j'avais mon mot à dire."

Je pouvais sentir mon cœur battre dans ma poitrine, mais j'essayais de le masquer avec un soupir, la pressant de continuer.

"D'accord, je t'ai raconté mes affaires", dit Leyla, changeant de sujet, les yeux plissés. "Maintenant, c'est ton tour. Qu'est-ce qui t'arrive ?"

J'ai hésité un instant, le poids de mes propres luttes me paraissant soudain plus lourd que d'habitude. "Mes parents se moquent toujours de mes notes", ai-je commencé, les mots s'échappant avant que je puisse les arrêter. "Ils me comparent toujours à mon frère aîné. Il était parfait, il réussissait toujours à tout. Ils pensent que je suis paresseux, facilement distrait et que je n'essaie tout simplement pas assez. Et mon frère aîné ? Il n'est d'aucune aide. Au lieu de me soutenir, il ça ne fait que s'en prendre à moi, ça empire les choses. Parfois, j'aimerais qu'il aille loin à l'université et me laisse tranquille.

Il y a eu une longue pause et je pouvais sentir mes mots flotter dans l'air entre nous. Je ne m'étais jamais vraiment ouvert comme ça à qui que ce soit auparavant, mais avec Leyla, ça me semblait bien. Elle était la seule à vraiment comprendre.

La sonnerie soudaine de la cloche me sortit de mes pensées. Nous avons tous les deux gémi, réalisant qu'il était temps d'aller en cours. La journée ne faisait que commencer et nous avions déjà l'impression qu'elle nous avait fait des ravages.

Leyla se leva en soupirant, s'essuyant les mains avec son jean. "Merde," marmonna-t-elle dans sa barbe. Je n'ai pas pu m'empêcher de rire ; sa franchise réussissait toujours à me faire sourire, même lorsque les choses semblaient sombres.

Nous nous sommes rapidement dirigés vers notre prochain cours : Histoire. Le sujet que nous détestions tous les deux plus que tout. Ce n'était pas seulement parce que cela nous ennuyait jusqu'aux larmes ; c'était aussi parce que nous avions toujours l'impression que les professeurs non plus ne se souciaient pas beaucoup de nous. Aujourd'hui, j'avais le sentiment que notre relation avec cette classe allait se détériorer.

En entrant, nous avons été accueillis par notre professeur, M. Mittermaier, qui n'a pas perdu de temps pour parler de notre arrivée tardive. "Nous avons déjà nos volontaires", annonça-t-il d'un air sévère. "Vous, mesdames, êtes arrivées en retard, et ces deux messieurs" - il désigna Ryan et un autre gars que je n'ai pas reconnu - "en ont fait assez pour perturber mon cours. Vous ferez une présentation commune et je vous ferai savoir le sujet dans un instant."

La mâchoire de Leyla tomba et je sentis mon propre estomac se nouer. Cette journée ne pourrait pas être pire, n'est-ce pas ?

"Non!" » s'exclama Leyla, incrédule. J'ai fait écho à ses pensées avec un cri horrifié. Vous présentez avec Ryan ? C'était déjà assez pénible d'être obligé de passer du temps avec lui en classe, mais maintenant nous devions travailler ensemble ? Je sentais déjà la tension monter et je savais que rien de bon n'en sortirait.

J'ai regardé autour de moi, essayant de comprendre la situation. D'un côté, c'était bien que Leyla et moi travaillions ensemble, mais cela ne compensait pas le fait que nous devions avoir affaire à Ryan. Chaque fois que ces deux-là se trouvaient à moins de cinq pieds l'un de l'autre, l'air crépitait d'animosité. Et pour aggraver les choses, j'étais désormais en partenariat avec le « nouveau, vieux gars » – celui qui était à la fois frustrant et attirant. Je n'arrivais pas à le comprendre, mais je savais avec certitude que ce projet allait être un casse-tête.

Nous n'avions pas d'autre choix que d'en finir, mais je me sentais déchiré. Si Leyla et moi avions une vive dispute lors de la présentation, cela pourrait confirmer les soupçons de ses parents et conduire à son renvoi. Pour moi, échouer ne ferait qu'alimenter les frustrations déjà latentes de mes parents concernant mes résultats scolaires. Aucun de nous ne pouvait se permettre que les choses tournent mal.

J'ai regardé Leyla, qui me lançait maintenant un regard incertain. Sa bravade habituelle s'était transformée en quelque chose de beaucoup plus sombre. Qu'étions-nous censés faire maintenant ?

La voix de M. Mittermaier a interrompu mes pensées, me ramenant à la réalité. "Si vous, mesdames, vouliez enfin vous asseoir et arrêter de perturber mon cours, vous pouvez commencer." Il ne semblait pas se soucier du fait que nous n'étions clairement pas ravis de l'arrangement.

Leyla, dans son style rebelle habituel, marmonna : « Ouais, bien sûr » et se laissa tomber sur une chaise, sa voix dégoulinante de sarcasme. Je me suis assis à côté d'elle et nous avons tous les deux essayé de paraître indifférents, mais à l'intérieur, nous redoutions tous les deux ce qui allait arriver.

Alors que nous prenions place, je n'arrivais pas à croire comment se déroulait cette deuxième semaine de dernière année. Qu'avais-je fait pour mériter ça ? C'était censé être notre dernière année, celle dont nous pouvions nous souvenir avec fierté, mais au lieu de cela, c'était comme si tout s'écroulait.

Louis :

Oh, cet homme avait vraiment un talent pour faire croire que tout était la fin du monde. La leçon venait de commencer et déjà on nous parlait d'une grande présentation. Tout d'abord, il a demandé qui dans la classe se porterait volontaire et, bien sûr, une douzaine de filles se sont inscrites avec empressement. Nous étions sur le point de sélectionner les plus sexy et les plus intelligents quand, sortie de nulle part, la porte s'est ouverte et a pris d'assaut Leyla et Sierra. Eh bien, il semblait que M. Mittermeier avait eu une révélation car, avec un éclat dramatique, il les désignait tous les deux. La façon dont ils ont réagi était tout droit sortie d'une comédie. La bouche de Leyla s'ouvrit d'incrédulité, et Sierra laissa échapper un « Non ! » aigu, presque doux ! Mais il n'y avait aucun pouvoir réel derrière ses paroles. Tous deux semblaient sur le point de s'évanouir, les yeux écarquillés de choc et de peur, comme s'ils venaient de recevoir une terrible nouvelle qui bouleversait leur vie.

En interne, je pouvais presque les entendre rédiger mentalement leur testament. Et honnêtement, même si je n'étais pas ravi d'être obligé de faire une présentation avec eux deux, cela a joué en ma faveur. Après tout, je devais réfléchir à ce pari. J'ai jeté un coup d'œil à Ryan et, en voyant son expression, je savais qu'il comprenait exactement ce que je pensais. Il m'a fait un sourire suffisant, le genre qu'il arborait toujours lorsqu'il pensait en avoir un sur quelqu'un.

Pendant ce temps, M. Mittermeier, toujours inconscient, demandait calmement aux filles de s'asseoir et, dans un moment surréaliste, Leyla et Sierra se dirigeaient toutes deux vers les bureaux, toujours stupéfaites dans le silence. Sierra m'a jeté un coup d'œil et j'ai rencontré son regard avec un regard subtil et conspirateur. Oh non. Je n'allais pas acheter une moto à Ryan dans deux mois juste à cause d'un petit pari. La présentation, si elle est gérée correctement, pourrait me tirer d'affaire. Tant que Ryan et Leyla ne commencent pas à se déchirer, bien sûr. Les deux devraient être enfermés ensemble dans une pièce jusqu'à ce qu'ils règlent leurs problèmes ou s'entretuent.

Le cours se déroulait à un rythme atrocement lent. Je vous jure, j'ai cru que j'allais mourir d'ennui au moins trois fois avant de finalement passer à quelque chose de plus intéressant. Après ce qui nous a semblé une éternité, on nous a dit de nous présenter et de choisir notre sujet de présentation. "Tout sur la mythologie grecque." Vraiment? C'était quel genre de sujet boiteux ? J'ai jeté un coup d'œil aux filles, qui griffonnaient des notes comme si leur vie en dépendait. Pendant ce temps, je comptais sur mon cerveau et ma mémoire pour m'en sortir. Je n'avais pas besoin de prendre des notes ; J'avais ça couvert.

Leyla et Sierra, toujours comme si on venait de leur dire qu'elles allaient être exécutées, décidèrent de partir dès la fin du cours. Mais Ryan et moi, ayant un plan différent, avons décidé de nous retrouver à la bibliothèque à trois heures pour en finir avec tout cela. J'ai attrapé le bras de Sierra et elle s'est immédiatement retournée, ses yeux brillant de surprise et d'irritation.

"Qu'est-ce que tu veux, et lâche mon bras tout de suite !" » siffla-t-elle, comme si je venais de la tirer dans un piège. J'ai souri paresseusement et j'ai dit : « Tout d'abord, restez silencieux et écoutez, et deuxièmement, nous nous retrouverons à la bibliothèque à trois heures. Et troisièmement, ne discutez pas.

Avant qu'elle ait pu protester, Ryan et moi nous sommes retournés et sommes partis, laissant les deux filles bouillonner de frustration. Je savais que cela n'allait pas être facile, mais c'était un mal nécessaire.

Sierra:

Eh bien, c'était une annonce dont j'aurais facilement pu me passer. Toute la situation m'irritait, mais il semblait que nous n'avions pas d'autre choix que de l'accepter. Leyla, assise à côté de moi, roulait des yeux d'une manière qui pourrait rivaliser avec un eye-roller professionnel. Elle était visiblement furieuse, et il était clair qu'elle retenait sa frustration, même si je savais que cela ne tarderait pas à éclater. Nous avons parcouru les dernières heures de cours, comptant les minutes jusqu'à ce que nous puissions enfin arriver à la bibliothèque. Au moment où la cloche a sonné à trois heures, j'étais prêt à en finir avec ça.

Déterminée à détendre un peu l'ambiance, j'ai pensé que je pourrais grignoter un morceau de réglisse, en espérant que cela atténuerait mon agacement, même si cela ne faisait pas grand-chose. Leyla essayait, comme d'habitude, de garder son sang-froid, mais avouons-le : compter sur elle pour ne pas craquer, c'était un peu comme espérer qu'un volcan n'entre pas en éruption. Nous avons trouvé une place sur le canapé au fond de la bibliothèque et avons attendu.

Et j'ai attendu.

Une demi-heure s'est écoulée et, alors que j'étais sur le point d'exploser d'impatience, ils sont enfin arrivés. Bien sûr, leur grande entrée a été tout simplement un désastre. "Désolé, nous sommes en retard, mais nous

nous sommes perdus sur le chemin de la vie !" La voix de Ryan retentit, avec Louis souriant à côté de lui. C'était comme s'ils jouaient aux clowns de la classe, et j'en avais déjà fini avec ça. Mon humeur déclinait rapidement alors que j'essayais de retenir la colère qui bouillonnait en moi. Mais à ma grande surprise, Leyla était calme, presque de manière déconcertante.

"D'accord, au moins tu es là maintenant. Alors commençons, dit-elle d'un ton étrangement contrôlé. J'ai cligné des yeux, incrédule : Leyla parvenait-elle réellement à garder son sang-froid ? C'était comme un super pouvoir ou quelque chose comme ça. Même Ryan semblait surpris, la bouche grande ouverte. Mais bien sûr, cela n'a pas duré longtemps. Il reprit rapidement son calme et répliqua : « D'accord, Leyla équilibrée, que sais-tu de la mythologie grecque ?

La réponse de Leyla est venue rapidement et j'ai grimacé. "Au moins plus que toi, espèce d'idiot."

Oh non, ça n'allait certainement pas aider à calmer les choses. Au contraire, c'était comme allumer une allumette dans une pièce pleine d'essence. J'ai vu les étincelles voler avant même qu'elles n'atteignent le sol, et avant que je puisse dire quoi que ce soit, Leyla s'échauffait déjà. Il fallait que j'intervienne, vite.

"Hoho, calme-toi", dis-je rapidement, levant les mains dans un geste d'offrande de paix. "Peut-être que notre nouveau venu ici devrait nous dire ce qu'il en sait."

Ryan n'a pas semblé ravi de ma suggestion et a immédiatement fait marche arrière. « Et si nous commencions par trouver quelques livres à ce sujet, puis par lire un peu ? »

J'ai aimé cette idée, en fait. C'était une excellente façon de dissiper la pression sur tout le monde et de faire avancer quelque chose. "Très bien, restez ici tous les deux", dis-je en attrapant le bras de Leyla et en la tirant du canapé. "Alors allons chercher les livres."

C'était comme une petite victoire, mais je ne me trompais pas. Nous étions encore au bord du gouffre et il n'en fallait pas plus pour que les choses reprennent. Avec un mélange de résignation et de détermination, nous nous sommes dirigés vers les rayons de la bibliothèque pour trouver ce dont nous avions besoin. Même si je détestais l'admettre, cette présentation s'avérait être le moindre de mes soucis.

Louis :

Je me tournai vers Ryan, un peu plus sérieux cette fois. "Très bien, dis-moi la vérité, pourquoi continues-tu à rabaisser Leyla comme ça ?" Je pouvais le voir hésiter un instant, ses yeux clignotant inconfortablement. "C'est toujours elle qui commence !" rétorqua-t-il, essayant de détourner la question.

Je ne l'achetais pas. "Pas aujourd'hui. Aujourd'hui, c'est toi qui as commencé les choses. Elle n'a rien dit d'offensant ni essayé de te provoquer. Elle allait très bien. Mais tu... tu l'as rabaissée en premier sans aucune raison. Chaque fois qu'elle parle, tu es déjà sur la défensive. Que se passe-t-il chez toi, Ryan ? Quel est le vrai problème ? »

Je pouvais dire que ce n'était pas facile pour lui de l'admettre, mais finalement, il soupira profondément, presque vaincu. Après une longue pause, il me regarda sérieusement. "Très bien, mais si tu en parles à quelqu'un, je jure que je te le ferai regretter," prévint-il, son ton inhabituellement tendu. J'ai juste hoché la tête, sentant à quel point c'était dur pour lui. "Je ne dirai pas un mot. Dis-le-moi simplement."

Ryan sembla rassembler ses pensées pendant un moment, puis les mots sortirent, étonnamment vulnérables. "Tout a commencé il y a deux ans. J'avais 16 ans et Leyla 15 ans. Elle n'était pas vraiment la fille populaire de l'époque et elle était un peu potelée. Quant à moi, eh bien, j'étais dans ce qu'on appelle l'élite. ' J'ai toujours été au top, tu sais ? Et Leyla et moi, nous étions les meilleurs amis. Mais ensuite les choses ont commencé à changer. aussi, mais pas comme je le devrais J'avais peur de ce que cela signifierait pour ma réputation si les gens savaient que nous étions plus que des amis. Je veux dire, j'étais connu pour sortir avec toutes sortes de filles, et sortir avec elle aurait gâché ça. J'ai l'air faible. Alors, un jour d'été, après l'école, nous parlions de nos projets pour les vacances. La cour de l'école était pleine de monde, notre foule, et c'était très grave que je lui parle. devant tout le monde, et encore moins dehors avec elle.

Eh bien, elle voulait m'embrasser au revoir. Et sans réfléchir, je... je l'ai repoussée. J'ai crié dans toute la cour : « Éloigne-toi de moi ! Comme si je t'embrassais un jour – qui voudrait embrasser quelqu'un d'aussi gros que toi ?'" La voix de Ryan faiblit alors que les mots restaient en suspens, et je pouvais voir le poids de ce qu'il avait dit même à l'époque. "Tout le monde a ri, moi y compris. Et Leyla, elle... elle s'est enfuie en pleurant. Je ne l'ai jamais vue comme ça auparavant. Et depuis ce moment, elle me déteste et je ne lui en veux pas. J'ai tout gâché."

J'étais sous le choc. J'avais envie de rire, mais ce n'était pas drôle. Je me sentais à la fois dégoûté et étrangement désolé pour lui. "Wow. Quel choc. Je ne suis pas surpris qu'elle te déteste", dis-je en secouant la tête. "Tu as vraiment foiré, n'est-ce pas ? Cela a dû la briser intérieurement. Et le pire, c'est que tu as probablement gâché la meilleure chose que tu as jamais eue. Maintenant, regarde-la, elle est absolument magnifique et, ironiquement, elle fait maintenant partie du groupe d'élite, tout comme vous.

Ryan me regardait, presque impuissant, et je pouvais dire qu'une partie de lui regrettait tout cela. Il ressemblait à un enfant qui venait de réaliser qu'il avait perdu son premier véritable amour. Ses yeux s'adoucirent un bref instant avant de masquer rapidement ses sentiments avec son arrogance habituelle. Le sourire suffisant revint sur son visage, mais il était clair que sa bravade n'était pas suffisante pour cacher la douleur dans ses yeux.

Je pouvais le voir maintenant : la vérité. "Tu l'aimes toujours, n'est-ce pas ?" J'ai demandé, et pendant une fraction de seconde, il n'a rien dit. Mais ensuite il a laissé échapper un rire sec, qui n'a vraiment convaincu personne, surtout pas moi. Je pourrais le dire maintenant. Son apparence – vaincu, comme s'il venait de perdre l'amour de sa vie – m'a tout dit. Mais, comme toujours, le masque est rapidement remonté. L'expression disparut et il regarda autour de lui avec ce sourire arrogant habituel, comme si de rien n'était.

A ce moment-là, les deux filles entrèrent dans la pièce. À ma grande surprise, Leyla avait l'air absolument dévastée, les yeux rouges comme si elle avait pleuré. Sierra, de son côté, était furieuse, le visage tordu par la frustration. Cela m'a laissé encore plus confus, mais je n'étais pas sûr de vouloir savoir ce qui s'était passé entre eux. Pourtant, il était clair que la tension entre tout le monde était devenue plus épaisse et que l'air était chargé de paroles non dites.

J'ai de nouveau jeté un coup d'œil à Ryan, me demandant s'il réalisait ce qui se passait devant nous. Il croisa brièvement mon regard, mais son expression était désormais illisible, sa vulnérabilité antérieure complètement masquée par son indifférence habituelle.

Sierra:

Nous nous sommes dirigés vers les étagères remplies de livres sur la mythologie grecque et je n'ai pas pu m'empêcher de demander à Leyla. "D'accord, je comprends que tu ne t'entends pas avec Ryan, mais tu ne m'as jamais vraiment dit pourquoi. Honnêtement, j'ai toujours eu le sentiment qu'il t'aime bien. Chaque fois que vous ne l'avez même pas encore remarqué, mais qu'il vous a déjà vu, il vous regarde comme s'il était… amoureux. Alors, que se passe-t-il réellement ?

C'est à ce moment-là qu'elle s'est effondrée. Je me préparais à tout, depuis une explosion de colère jusqu'à ce qu'elle me traite en silence, mais je ne m'attendais pas à ce qu'elle se mette à pleurer. C'était comme si ses murs soigneusement construits s'étaient soudainement effondrés. (Tous les héros pleurent parfois. Non pas parce qu'ils sont faibles, mais parce qu'ils sont forts depuis si longtemps…)

Leyla a toujours été celle qui a gardé le cap, qui n'a montré que de la force. C'était une fille qui ne semblait jamais avoir de problème avec quoi que ce soit, alors la voir se briser ainsi m'a complètement mis au dépourvu. Je me suis rapidement agenouillé à côté d'elle et j'ai doucement posé ma main sur son dos. « Hé, que se passe-t-il ? Ai-je dit quelque chose de mal ? Parle-moi, Leyla.

Elle sanglotait doucement, mais on aurait dit qu'elle commençait lentement à se ressaisir. Après quelques instants, elle parla enfin, sa voix à peine au-dessus d'un murmure. «D'accord, je ne vous ai jamais dit ça. C'était avant que tu emménages ici. J'avais 15 ans et Ryan 16 ans. Nous étions très proches, meilleurs amis. Mais ensuite... j'ai commencé à tomber amoureuse de lui. Honnêtement, je pensais qu'il pourrait ressentir la même chose. Mais j'étais en surpoids, je n'étais pas populaire, et lui... eh bien, il était tout le contraire de ça. Tout le monde le connaissait et sa popularité grandissait. Un après-midi d'été, nous parlions après les cours, rien que nous deux. Je voulais lui montrer à quel point je tenais à lui. Je pensais que peut-être que si je l'embrassais, il comprendrait. Mais c'est la plus grosse erreur que j'ai jamais commise.

Elle fit une pause, prenant une respiration tremblante, et je pus voir la douleur revenir dans ses yeux. «Je me suis penché pour l'embrasser et il m'a simplement repoussé. Il a crié : « Bah, comme si j'allais t'embrasser un jour. N'importe quel garçon embrasserait quelqu'un d'aussi gros que toi. » Je ne pense pas m'être jamais senti plus humilié de ma vie. Tout le monde l'a entendu et ils ont ri. Il a ri aussi pendant que je m'enfuyais de la cour d'école en pleurant. Il s'est ensuite excusé, mais il a déclaré qu'il était plus soucieux de préserver sa réputation qu'autre chose. Il a choisi son statut plutôt que moi.

Je pouvais sentir la lourdeur de ses mots s'enfoncer. Mon cœur lui faisait mal alors qu'elle continuait. « Après ça, j'ai supprimé son numéro, je l'ai bloqué partout. Je me suis dit que j'en avais fini avec lui. Mais je ne voulais pas qu'il m'oublie, alors j'ai commencé à m'entraîner. Je n'ai presque rien mangé, juste pour avoir le corps dont j'ai toujours rêvé. J'ai travaillé si dur, et quand j'ai commencé à mieux paraître, j'ai pensé que je lui ferais peut-être du mal comme il m'avait fait du mal. Mais chaque fois que j'essayais de lui montrer, ça ne marchait pas. Peu importe à quel point j'ai changé, à quel point j'ai travaillé dur. Je n'ai jamais été assez pour lui.

Mais ce qui me détruit le plus, c'est que je l'aime toujours. Malgré tout, malgré combien il m'a blessé, je l'aime toujours. Mais je ne me laisserais plus jamais tomber amoureuse de lui. Je ne pourrais plus jamais revivre ça. Je ne peux pas le laisser me briser une seconde fois.

Ses mots m'ont frappé comme une tonne de briques. Je n'avais aucune idée de la douleur qu'elle ressentait, et je ne pouvais même pas commencer à en imaginer la profondeur. Pendant un instant, j'étais juste abasourdi. Je restais là, figé, la bouche grande ouverte sous le choc.

Leyla m'a regardé avec ses yeux tristes, et tout à coup, j'ai eu l'impression que c'était à mon tour d'être fort pour elle. Je m'accroupis à côté d'elle et essuyai doucement les larmes de sa joue. « Leyla, ce type ne vaut vraiment pas ton temps. Tu es incroyable tel que tu es. Et tu sais quoi ? Vous avez tout devant vous. Alors essuyez simplement ces larmes et gardez la tête haute, d'accord ?

Elle hocha légèrement la tête, mais je pouvais dire qu'elle se débattait toujours. Je savais que si elle devait affronter Ryan maintenant, elle s'effondrerait probablement à nouveau. J'ai donc rapidement élaboré un plan pour l'aider à traverser cette épreuve. «Hé, j'ai une idée. Rentrez chez vous maintenant et je vais m'occuper de la première partie de la présentation avec les gars. Quand nous aurons fini, je viendrai chez toi et nous parlerons. Nous verrons ce qui se passera ensuite.

Son visage s'éclaira un peu et elle sourit faiblement. « Tu ferais vraiment ça pour moi ? Tu es le meilleur ami qu'on puisse demander.

Je lui ai fait un sourire rassurant : « Bien sûr que je le ferais. Maintenant, allons chercher quelques livres et nous allons régler cette présentation.

Leyla s'est levée et je l'ai aidée à rassembler quelques livres sur la mythologie grecque. Nous sommes retournés à pied vers l'endroit où Ryan et Louis attendaient, et dès que Ryan a vu que Leyla pleurait, son expression a changé. Il la regarda avec une véritable inquiétude. Pendant un instant, j'ai presque cru qu'il allait s'excuser ou même demander qui lui avait fait du mal. Mais ensuite, son sourire moqueur habituel est revenu, et j'ai réalisé que peut-être qu'il n'était pas totalement ignorant de ce qu'il avait fait.

Pourtant, il y avait quelque chose de différent dans sa réaction maintenant. Peut-être, juste peut-être, avait-il réalisé ce qu'il avait perdu depuis le début.

Louis :

Sierra a placé la pile d'une quinzaine de livres devant moi et a dit : " Très bien, voici les livres. Leyla ne se sent pas bien, alors elle rentre chez elle. " J'ai hoché la tête, voyant que Leyla avait vraiment l'air horrible. "Je partirai aussi si ça te va. Je ne me sens vraiment pas bien aujourd'hui non plus", a déclaré Ryan, sa voix semblant presque s'excuser. Leyla tressaillit à ces mots mais ne dit rien. Sierra laissa échapper un profond soupir, clairement frustrée mais aussi inquiète. "D'accord, Louis et moi allons commencer aujourd'hui, et nous continuerons ensemble plus tard", dit-elle. Ryan se leva et, sans un autre mot, sortit de la bibliothèque, sans même se soucier de lui dire au revoir.

Leyla se dirigea vers Sierra, enroulant ses bras autour d'elle dans une étreinte serrée, sa voix à peine au-dessus d'un murmure lorsqu'elle dit : « Au revoir. La façon dont elle l'a dit m'a fait réaliser à quel point elle avait l'air fragile à ce moment-là. Jusqu'à présent, je ne l'avais vue que comme quelqu'un d'incroyablement fort et incassable, et cet aperçu de vulnérabilité m'a pris au dépourvu.

"Très bien," dit Sierra en se tournant vers moi, "Je ne t'aime vraiment pas, mais nous devons travailler ensemble, alors je demande une trêve." J'ai haussé les sourcils face au changement soudain de son ton. Elle semblait vraiment inquiète pour ses amis, mais j'essayais toujours de donner un sens à tout ce qui se passait. Sa suggestion de trêve semblait trop facile, trop rapide, mais je n'ai pas contesté. "Très bien, pas de problème," répondis-je, essayant toujours de la comprendre. Quelque chose chez elle me semblait familier et cela me harcelait. Je ne savais pas d'où je la connaissais, mais elle avait l'impression d'être quelqu'un que je devrais reconnaître.

Elle m'a surpris en train de la regarder et pendant un instant, j'ai eu l'impression qu'elle savait exactement à quoi je pensais. L'intensité de son regard n'a fait qu'ajouter à la confusion, mais j'ai rapidement détourné le regard, me forçant à me concentrer sur la tâche à accomplir. J'ai pris le premier livre devant moi et je l'ai ouvert, sans vraiment prêter attention aux mots sur la page. Sierra semblait faire de même, feuilletant son livre du même air distrait.

Finalement, je ne pouvais plus rester silencieux. "Que s'est-il passé avec Leyla ? Elle avait l'air complètement détruite", ai-je demandé, ma curiosité prenant le dessus sur moi. Sierra m'a regardé pendant un moment, ses yeux calculateurs, comme si elle décidait de me confier ou non la vérité. "Eh bien, je ne suis pas vraiment censé dire ça, et honnêtement, je ne te fais pas confiance, mais cela a quelque chose à voir avec ton nouveau meilleur ami Ryan."

Cela m'a tout de suite frappé : Sierra n'était pas au courant de l'humiliation que Ryan avait fait subir à Leyla. Mais je n'ai pas été surpris ; elle semblait trop à l'écart. J'ai lentement hoché la tête, lui faisant savoir que j'étais au courant de la situation. "Oh, d'accord, maintenant je comprends. Ryan m'a déjà dit quelque chose comme ça", dis-je, essayant de garder la situation décontractée. Mais la réaction de Sierra m'a pris au dépourvu.

Son visage se tordit de colère et elle avait l'air d'être sur le point d'allumer quelque chose avec son regard noir. "Attends, il a fait quoi ? Il s'en est vraiment vanté ?" Sa voix était empreinte de fureur, mais elle la réprima rapidement. "Leyla est la meilleure personne que je connaisse, et je veux juste frapper Ryan au visage pour ce qu'il lui a fait."

Je me suis légèrement penché en arrière, mon expression indifférente, mais j'ai ensuite parlé pour clarifier les choses. "J'avais juré de n'en parler à personne, mais oui, Ryan s'en est vanté. Il ne pouvait pas s'arrêter d'en parler. C'est foiré, mais—" Je m'interrompis, sentant le poids de la situation.

Les yeux de Sierra s'écarquillèrent d'incrédulité. "Il ne l'a pas fait ?"

Je secouai lentement la tête. "Non, certainement pas, mais pour le moment, je pense que nous devrions nous concentrer sur la présentation. C'est la chose la plus importante en ce moment."

Dès que je l'ai dit, j'ai réalisé à quel point cela semblait absurde. La présentation était la dernière chose qui m'intéressait à ce moment-là, mais c'était un bon moyen de changer de sujet, surtout quand Sierra semblait aussi ennuyée que moi. J'ai repris le livre, faisant semblant de lire, mais je pouvais dire que les yeux de Sierra dérivaient vers mes lèvres. Lorsque les filles regardent les lèvres d'un homme, elles pensent généralement à ce que ce serait de les embrasser. Un sourire malicieux s'étala sur mon visage alors que je me penchais en arrière sur ma chaise, amusé.

Que les jeux commencent.

Sierra:

J'ai trouvé mon regard fixé sur ses lèvres alors qu'il luttait pour se concentrer sur le livre devant lui. Ses lèvres étaient pleines et magnifiquement formées, et je ne pouvais pas m'empêcher d'imaginer ce que je ressentirais si elles effleuraient les miennes, puis glissaient lentement le long de mon cou. Au milieu de ces pensées, le garçon aux lèvres séduisantes parla soudain, brisant ma rêverie. "Tu penses à m'embrasser?" » demanda-t-il, son large sourire entendu.

Je me figeai, mon cœur battant à tout rompre, captivé par l'instant. Je n'étais pas sur le point d'admettre ce que je pensais, alors j'ai essayé de jouer cool, même si ma voix me trahissait légèrement. "Non, comment en es-tu arrivé là ?" Bégayai-je, toujours un peu interloqué.

Il ne lâcha pas son sourire, visiblement conscient qu'il avait raison. "Eh bien, tu as regardé mes lèvres pendant si longtemps. Vous n'avez jamais eu un très bon baiser ? Vous voulez voir à quoi ressemble un vrai ?

J'avais du mal à croire ce que j'entendais. Bien sûr, il avait raison : je n'avais jamais vécu quelque chose qui se rapproche d'un grand baiser. Bien sûr, j'avais déjà embrassé des gens auparavant, mais la plupart d'entre eux étaient oubliables, certains carrément maladroits. Mais je ne pouvais pas lui dire ça. Je n'allais pas lui donner cette satisfaction. "Mais j'en ai déjà eu un, et non, je ne veux pas", rétorquai-je rapidement, même si je pouvais dire à son sourire qu'il n'y croyait pas.

Son sourire ne fit que s'élargir, sa confiance grandissant. "Comme si. Mais ça ne me dérange pas de vous montrer comment on fait, dit-il en se penchant en avant. J'ai senti mon corps devenir rigide, figé sur place. Son visage n'était plus qu'à quelques centimètres du mien et je pouvais voir l'intensité dans ses yeux bleu glacier. Pendant un bref instant, j'ai cru y voir un éclair de désir, mais tout aussi rapidement, il a disparu. Pourtant, sa tête restait proche et je pouvais sentir son souffle chaud sur mes lèvres, sa proximité m'entourant, rendant difficile de penser correctement.

À cet instant, la tentation de se pencher vers lui, de l'embrasser, fut écrasante. Mais je ne pouvais pas me permettre ça. Pas maintenant, pas quand cela confirmerait tout ce qu'il pensait. Je ne pouvais pas lui donner cette satisfaction. Alors, j'ai posé ma main sur sa poitrine, sentant la force de ses muscles sous mes doigts, et je l'ai doucement repoussé.

Il s'écarta légèrement, souriant triomphalement comme s'il m'avait déjà compris. Il avait voulu attiser le désir, tester mes limites, et il l'avait bien fait. Nous avons tous deux repris le travail tranquillement, mais mon esprit continuait à s'emballer. Je me suis demandé s'il savait encore qui j'étais, s'il se souvenait de quelque chose de moi auparavant. La façon dont il m'a regardé suggérait qu'il n'en avait aucune idée, et cela m'a donné mon ouverture.

« Savez-vous réellement qui je suis ? Ai-je demandé avec désinvolture, essayant de cacher la curiosité dans ma voix. Il m'a jeté un coup d'œil, un air confus dans les yeux. "Hmm, ouais, tu es Sierra", dit-il, même si son ton n'était pas entièrement confiant.

J'ai haussé un sourcil, appuyant davantage. « Oui, mais je te connais depuis un moment. Nous nous sommes rencontrés avant que tu viennes dans cette école. Il fronça les sourcils, essayant clairement de se souvenir de notre rencontre passée, mais rien ne semblait déclic. Il se débattait, alors j'ai décidé de lui donner un indice. « De quelles couleurs sont vos scooters ? Dis-je avec un sourire enjoué, sachant que cela lui rafraîchirait la mémoire.

Pendant un instant, il parut complètement perdu. Mais ensuite, une lueur de reconnaissance traversa son visage, suivie d'une expression de réalisation. "Oh merde! C'est pourquoi tu semblais si familier ! Je savais que je te connaissais !

Je n'ai pas pu m'en empêcher – j'ai laissé échapper un petit rire presque silencieux. Cela lui avait pris assez de temps. "Ça t'a pris assez de temps," le taquinai-je en riant à nouveau.

Il rit en secouant la tête. "Ouais, ouais, n'hésite pas à te moquer de moi", dit-il, toujours souriant. «Mais bon, tu m'as sauvé la mise à l'époque. Je pensais que tu allais dénoncer, mais tu ne l'as pas fait. Vous auriez pu me faire mal paraître, mais vous ne l'avez pas fait.

Je lui ai fait une moue moqueuse, même si je riais toujours. "Oh, comme c'est gentil. Vous l'appréciez ? Ne vous laissez pas emporter. J'ai encore quelques relations.

À cela, je me suis effondré sur le sol, mon ventre me faisant mal à force de rire. Louis aussi avait glissé du canapé, maintenant assis par terre à côté de moi, tremblant de rire. "Oh, puis-je considérer cela comme un indice que tu penses que je suis mignon?" » demanda-t-il, sa voix empreinte d'amusement.

Je souris, essayant toujours de reprendre mon souffle. "Je n'ai jamais dit ça", répondis-je, mais le sourire sur mon visage me trahit.

Louis se pencha plus près, son sourire ne s'effaçant jamais. «Je peux vivre avec ça. Mais tu es ridiculement gentil, et je le savais à l'époque. Je ne pouvais tout simplement pas le dire devant la police », a-t-il déclaré, sa voix tombant à un murmure grave et taquin.

Avant que je m'en rende compte, son visage était à nouveau à quelques centimètres du mien et j'ai senti la chaleur entre nous monter. Ses lèvres flottaient juste au-dessus des miennes et, pour la première fois, je ne le repoussai pas. Je ne pouvais pas. Chaque partie de moi criait de réduire la distance, de sentir ses lèvres sur les miennes. Mais j'étais figé, pris entre le feu de l'action et la peur de ce que cela allait signifier. Il a baissé ses lèvres sur les miennes et je n'ai eu d'autre choix que de le laisser faire.

Louis :

J'ai embrassé la fille à laquelle je pensais depuis si longtemps. Je n'avais jamais pu l'oublier. Dès l'instant où nous nous sommes croisés pour la première fois, elle a semblé s'ancrer dans mon esprit. J'avais l'impression que son image était gravée dans mon cerveau et qu'il n'y avait aucun moyen d'y échapper. J'ai commencé chaque journée en pensant à elle. Je ne pouvais pas m'en débarrasser, peu importe combien j'essayais de repousser ces sentiments. Mais j'ai dû les supprimer, et pendant longtemps, je les ai enfouis au plus profond de moi-même. Maintenant, elle était là, à nouveau juste devant moi. Combien de fois avais-je imaginé ce que ce serait de l'embrasser ? Cette pensée était restée sans fin dans mon esprit, alimentant mes fantasmes et mes désirs. Mais même maintenant, je savais que je ne pouvais pas me permettre de trop ressentir. Si je me permettais de tomber complètement amoureux d'elle, de tout ressentir avec chaque fibre de mon être, j'irais droit dans le chaos. La dernière chose que je voulais, c'était m'ouvrir à encore plus de complications. Est-ce que ça valait le coup ? Je n'en étais pas sûr. Mais, à ce moment-là, je ne pouvais supporter de le partager avec quelqu'un d'autre. C'était le mien.

Au début, le baiser fut hésitant. Je ne savais pas comment elle réagirait, à quel point elle céderait, à quel point elle s'éloignerait. Mais quand je l'ai sentie réagir, son corps se détendre dans le mien, je suis devenu plus audacieux. Mes lèvres bougèrent avec plus d'urgence contre les siennes et ses mains, l'une dans mon dos, l'autre dans mes cheveux, m'encourageèrent à aller plus profondément. Je pouvais sentir l'intensité monter entre nous, et pendant un bref instant, je me demandai si je pouvais aller plus loin dans la bibliothèque. Mais je l'ai rapidement maîtrisé. Je ne pouvais pas perdre le contrôle comme ça. Pas ici. Pas maintenant.

Je me reculai lentement, rompant le baiser à contrecœur. Mon corps était en feu, mon cœur battait à tout rompre dans ma poitrine, mais j'avais besoin de me calmer. Je me levai, essayant de cacher les montées et descentes rapides de mon souffle. J'ouvris les yeux, trouvant les siens déjà fixés sur les miens, une lueur de chaleur et quelque chose de plus profond dans son regard. C'était un sentiment que je n'avais jamais ressenti auparavant, et cela me faisait se retourner l'intérieur. La dernière chose que je voulais, c'était ressentir ça. Cela m'a fait plus peur que je ne voulais l'admettre. Je ne pouvais pas tomber amoureux d'elle. J'ai refusé.

Je secouai la tête, essayant de repousser les émotions accablantes qui envahissaient mon esprit. Je devais me rappeler qu'elle n'était rien de plus qu'un pari. Juste un défi, rien de plus. C'était tout ce qu'elle était. Et pourtant, quand je la regardais à nouveau, je ne pouvais nier la douleur dans ma poitrine. Elle était bien plus que ce que je m'étais permis de réaliser.

"D'accord, je pense que nous devrions mettre fin à la présentation", a déclaré Sierra en me souriant. J'acquiesçai avec raideur, essayant de garder mes émotions sous contrôle. Elle n'est qu'un pari. Juste un pari, me suis-je rappelé. Mais ma voix m'a trahi lorsque j'ai ajouté : « Ce qui vient de se passer ici ne veut rien dire. Rien du tout. Je ne savais pas vraiment qui j'essayais de convaincre – les mots me semblaient creux, même lorsque je les prononçais. Je pouvais voir sa déception apparaître sur son visage du coin de l'œil, et cela piquait plus que ce à quoi je m'attendais.

"Bien sûr, je ne m'attendais à rien d'autre", répondit-elle, sa voix devenant plus aiguë. "Mais je doute que ce soit mon meilleur baiser."

Je n'ai pas pu m'empêcher de sourire. Il semblait qu'elle était déjà revenue à elle-même, sa confiance intacte. "Eh bien, Mia Bella, je pense que tu es peut-être encore un peu étourdie, mais ne t'inquiète pas, j'ai encore plus à offrir." Je n'ai pas pu m'empêcher d'ajouter une touche taquine. "D'accord, ciao bella, je m'en vais alors. Oh, et n'oublie pas de fermer à clé," dis-je en lui faisant un sourire alors que je me dirigeais vers la porte.

Au moment où je suis sorti, j'ai senti le poids se soulever de mes épaules. Pour la première fois depuis longtemps, j'ai souri. Un vrai sourire. Ce n'était pas seulement parce que j'avais tiré le meilleur d'elle sur le moment. Non, c'était plus que ça. Pour la première fois depuis longtemps, j'ai ressenti quelque chose de pur et de réel. Quelque chose que je ne pouvais pas ignorer, même si j'essayais.

Le baiser qui a tout changé

Sierra:

Dès que Louis fut hors de la porte, je m'effondrai à nouveau sur le sol. Oh mon Dieu, qu'est-ce que je venais de faire ? Le rêve que je jouais dans mon esprit depuis ce qui semblait être une éternité avait pris vie, et pas de la manière à laquelle je m'attendais. J'avais embrassé Louis, la seule personne à laquelle je n'avais pas pu m'empêcher de penser depuis si longtemps. Le baiser avait été tout et rien à la fois. C'était tout ce que j'avais imaginé, et pourtant bien plus intense, bien plus réel que ce que j'avais jamais osé espérer. La précipitation, l'électricité entre nous… C'était presque trop.

Et pourtant, tandis que ses paroles s'attardaient dans mes oreilles, une petite partie de moi revenait à la réalité. "Ça ne veut rien dire", avait-il dit, et pour une raison quelconque, c'était la seule chose qui m'avait ramené sur terre. C'était une confrontation avec la réalité, mais elle était indispensable. Il avait raison. Je n'avais jamais eu un baiser comme celui-là auparavant. Mais je n'allais pas le lui admettre. Je ne voulais pas qu'il sache à quel point je m'étais senti complètement hors de contrôle à ce moment-là. La façon dont il m'avait embrassé, la façon dont il m'avait donné l'impression de pouvoir me fondre en lui – c'était tout ce dont j'avais rêvé et bien plus encore.

Le problème ? Cela m'a terrifié. Le fait que j'aie été si insouciant, si disposé à me donner à lui sans réfléchir, m'a fait frissonner le dos. Il s'était éloigné, visiblement un peu essoufflé. Je détestais à quel point je l'avais laissé entrer. Et pourtant, je ne pouvais pas me débarrasser de ce sentiment. Mon cœur battait toujours la chamade et je n'arrivais pas à décider si je voulais le ramener à l'intérieur ou le repousser. Mais non, je devais le détester. Je devais me rappeler que tomber amoureuse de lui serait la chose la plus stupide que je puisse faire. C'était juste un baiser, un pari. Rien de plus. Et je devais garder cela à l'esprit.

Le lendemain, je me suis réveillé avec une étrange sensation de calme, une sensation de clarté à laquelle je ne m'attendais pas. J'ai quitté la maison en me sentant mieux, essayant de me débarrasser de la chaleur persistante de la nuit dernière. Quand je suis sorti, mon cousin m'attendait avec son scooter, comme d'habitude. Il avait cette façon de me sortir de la tête quand j'en avais le plus besoin. Le temps était parfait et le soleil commençait à poindre derrière les nuages. J'ai sauté sur l'arrière de son scooter et nous avons roulé vers l'école, le vent dans les cheveux.

Alors que nous sommes entrés dans le parking, j'ai pu voir Leyla marcher vers moi, ses cheveux noirs bouclés flottant dans la brise. Elle ressemblait à un mannequin ou à une star de cinéma, son visage rayonnant sous le soleil du matin. Mais le sourire qui jouait habituellement sur ses lèvres était introuvable. Au lieu de cela, elle avait cette expression froide, comme si quelque chose la dérangeait. Je pouvais déjà dire qu'elle se préparait à une sorte de crise suite aux événements d'hier.

Elle m'a accueilli avec un sourire chaleureux, mais ses yeux trahissaient quelque chose de plus profond. "Tu sais, tu ressembles à une star de cinéma quand tu enlèves ton casque," la taquina-t-elle, d'un ton doux mais entendu. "Tu es très bien habillé aujourd'hui ? Que s'est-il passé hier ? Me caches-tu des secrets ?"

Je n'ai pas pu m'empêcher de sourire. Bien sûr, je m'étais un peu habillé, mais je n'allais pas révéler la vérité sur le baiser entre moi et Louis. C'était quelque chose que je devais garder sous clé. "Je voulais juste être jolie", répondis-je en l'écartant avec désinvolture. Leyla haussa un sourcil, visiblement peu convaincue, mais elle le laissa glisser.

Pendant ce temps, mon cousin était toujours debout derrière moi et Leyla lui faisait déjà un câlin, un de ces câlins ludiques et amicaux qui semblaient durer une éternité. Elle avait cet effet sur les gens. Mon cousin, Lucas, et ses amis se sont tous rassemblés autour d'elle, essayant d'attirer une partie de son attention, et elle la leur a gracieusement accordée. Je les ai regardés interagir, un peu d'amusement tirant au coin de ma bouche. Lucas était désormais le roi de l'école, avec Leyla à ses côtés, et tout le monde l'enviait. C'était étrange à regarder, mais je ne pouvais pas nier que j'étais un peu fier de lui.

Soudain, le rugissement de deux motos a traversé l'air et mon estomac s'est tordu. Je savais exactement de qui il s'agissait. Les « mauvais garçons » de la classe arrivaient. Louis et Ryan. J'entendais déjà les motos s'emballer, chacune plus bruyante que l'autre. Tandis qu'ils se dirigeaient vers les places de stationnement et que leurs moteurs s'éteignaient, tout le monde semblait retenir son souffle. Bien sûr, les filles se rassemblèrent instantanément, les yeux rivés sur les garçons alors qu'ils enlevaient leurs casques, chaque mouvement étant exagéré comme s'ils faisaient partie d'un grand spectacle.

Leyla et moi avons échangé un regard, plus par léger dégoût qu'autre chose. Le spectacle ne m'intéressait pas, mais je sentais le poids des regards de tout le monde sur nous. Même après tout ce qui s'était passé avec Louis, j'essayais toujours de garder une certaine distance, j'essayais toujours de garder un peu de contrôle sur moi-même. Je n'allais pas leur laisser voir que j'étais affecté.

Ryan et Louis se sont approchés de nous, flanqués de leurs amis, comme toujours. Nous nous tenions au milieu des garçons « d'élite », ceux que tout le monde semblait vénérer. Alors que les yeux de Louis rencontraient les miens, j'ai senti cette étincelle familière, cette connexion électrique que je ne pouvais pas ébranler. Mais je l'ai combattu. Il m'a souri et je n'ai pas pu m'empêcher de lui rendre son sourire, même si je savais que ce n'était pas une bonne idée.

Leyla, cependant, n'a pas rendu le sourire à Ryan. En fait, elle le reconnut à peine, son regard le dépassant comme s'il était invisible. C'était un contraste tellement frappant avec la dynamique habituelle entre eux, et je ne pouvais m'empêcher de l'admirer pour cela. La cloche sonna à ce moment-là, et c'était comme le signe que notre petite représentation allait commencer.

Avec un sourire entendu, j'ai regardé Leyla et elle a hoché la tête en retour. Nous avons poussé le scooter de mon cousin et nous sommes dirigés vers l'entrée, chaque pas rempli de sens. Nous savions que tous les regards étaient tournés vers nous, garçons et filles. Mais nous avions un plan et nous allions l'exécuter parfaitement. Nous allions leur montrer ce qu'ils avaient perdu.

Alors que nous approchions de l'entrée, il y avait quelques professeurs stagiaires debout près des portes, s'assurant que personne n'apportait de cigarettes allumées. Je pouvais voir la façon dont les filles les regardaient, les yeux pleins de nostalgie. Les portes ne nous ont jamais été ouvertes, sauf si nous faisions impression. Alors Leyla et moi nous sommes dirigés vers la porte en secouant nos hanches un peu plus que d'habitude. Leyla a affiché l'un de ses sourires caractéristiques, du genre à faire fondre le cœur de n'importe qui, et bien sûr, la stagiaire lui a ouvert la porte sans hésitation. J'ai emboîté le pas de mon côté et la porte s'est ouverte.

Nous sommes entrés, sachant que nous avions laissé notre marque. Nous n'avions pas simplement franchi la porte : nous étions entrés avec confiance et puissance. J'espérais seulement que cela aurait eu l'impact escompté.

Louis :

Je ne m'attendais pas à ça. Sierra, d'une certaine manière, semblait afficher son allure, comme si elle me montrait à quel point elle était sexy et avec quelle facilité elle pouvait avoir n'importe qui. Eh bien, elle a certainement réussi à le faire comprendre. Je n'ai pas pu m'empêcher de jeter un coup d'œil à Ryan, qui avait l'air de se cogner mentalement la tête contre un mur tout le temps. Finalement, il croisa mon regard, le visage tordu par la colère alors qu'il marmonnait : « À quel point peux-tu être stupide ? J'ai l'impression que je suis sur le point de casser quelque chose, de préférence ma tête. Je souris, trouvant le moment quelque peu amusant. "Hé, ne fais pas ça, tu pourrais en avoir besoin. Même si ce que tu as fait avec Leyla était plutôt stupide," le taquinai-je en le poussant.

Il devenait visiblement ennuyé. "Ouais, ouais, je sais que tu aimes me le frotter au visage, mais ça suffit. Peut-être que je devrais juste l'oublier, sortir, faire la fête et coucher avec une fille au hasard."

"Es-tu sûr que c'est une bonne idée ?" Ai-je demandé, incertain de sa logique. "Je ne sais pas, mec."

"Soit tu es avec moi, soit tu ne l'es pas, mais j'y vais définitivement", dit-il d'un ton déterminé.

Eh bien, je ne pouvais pas contester cette logique. Il était clair que si les choses ne se passaient pas comme il le souhaitait, il se déchaînerait à nouveau. J'ai pensé qu'une diversion aiderait, alors j'ai haussé les épaules. "Très bien, je viendrai. Un peu de temps loin de Sierra et de l'école semble être exactement ce dont j'ai besoin."

Sur ce, nous nous sommes dirigés vers le cours d'histoire. Dès notre entrée, M. Mittermaier, qui était déjà de mauvaise humeur, s'en est pris à la première personne qu'il a vue : une fille assise près de l'entrée. Je ne me souciais pas vraiment de qui c'était ; mon esprit était ailleurs.

Lorsque Ryan et moi avons pris nos places, j'ai remarqué que Leyla et Sierra étaient déjà installées à leur place. Sierra était assise là, toujours aussi belle, mais ce n'était pas seulement son apparence physique qui avait retenu mon attention. Ses cheveux blonds — naturellement blonds, pas si faux et trop décolorés — scintillaient sous la lumière du soleil qui traversait la fenêtre. Soudain, elle s'est retournée et nos yeux se sont croisés. Ses yeux bleu pâle étaient fascinants, comme si je pouvais m'y perdre pour toujours. Ses lèvres se retroussèrent en un sourire enjoué et j'avais l'impression que je pouvais l'embrasser à nouveau, à plusieurs reprises. Mais dès qu'elle a haussé un sourcil, je suis revenu à la réalité. Non, je ne pouvais pas laisser ça arriver. Tomber amoureux d'elle n'apporterait que plus de complications. Je ne pouvais pas laisser les sentiments me rendre faible, surtout maintenant.

Le reste de la journée scolaire était flou. Je ne pouvais pas me concentrer sur quoi que ce soit. Je savais que je devais m'en sortir, me recentrer sur les choses importantes : ma famille et le pari. Sierra n'était qu'une distraction, un pari, rien de plus. Je ne pouvais pas la laisser m'entraîner dans d'autres émotions. Les sentiments te rendaient doux, vulnérable, et c'est la dernière chose que je pouvais me permettre en ce moment.

Lorsque la dernière cloche a sonné, j'ai attrapé mes affaires et me suis précipité vers ma voiture. Ce n'était pas grand-chose à regarder – juste une vieille ferraille – mais ça a marché. La première chose que j'ai faite a été d'aller la chercher à l'école de ma petite sœur. Alors que je me garais sur le parking de l'école, je l'ai vue debout devant le portail, entourée de ses amis, en train de rire. Elle était heureuse et c'était tout ce qui comptait.

Elle m'a repéré immédiatement et son visage s'est illuminé. Elle a dit au revoir à ses amis et a couru vers moi. Je l'ai attrapée dans mes bras, la faisant tourner deux fois avant de la poser doucement. Elle souriait jusqu'aux oreilles. "Salut Louis ! Tu sais quoi ? J'ai retrouvé un travail !" dit-elle avec enthousiasme.

J'ai ri : "Oh, vraiment ? As-tu finalement eu ce "six" ?"

Elle a ri : "Non, pas tout à fait. Plutôt un six par derrière… Donc un un !" elle a crié de joie.

J'ai ri aussi et j'ai demandé : « Et de quel sujet s'agissait-il ?

"Mon professeur de mathématiques dit que je suis trop intelligente pour ce niveau", dit-elle avec un sourire jusqu'aux oreilles.

Je n'ai pas pu m'empêcher de lui sourire. Kiara était tout ce que je souhaitais être : forte, intelligente et pleine de joie. Elle me ressemblait, sauf qu'elle avait les yeux marron. J'avais toujours su qu'elle était capable de sauter une classe, mais je ne voulais pas ça pour elle. Elle a dû rester dans cette classe et profiter de son enfance, malgré les difficultés rencontrées à la maison.

Après avoir récupéré ses affaires, nous nous sommes dirigés vers la salle de sport pour récupérer mon petit frère Nico à son match de football. Nous n'avons rattrapé que les deux dernières minutes, mais cela n'avait pas d'importance. Kiara n'aimait pas le football, mais j'aimais regarder Nico. Il jouait son premier vrai match et je ne pouvais pas le manquer. En entrant dans le gymnase, j'ai remarqué que d'autres parents, en particulier quelques jeunes mères, me lançaient de longs regards. Je ne leur ai pas prêté attention. J'étais là pour mon frère.

Nico m'a repéré de l'autre côté du terrain. Dès qu'il m'a vu, son visage s'est éclairé d'un large sourire. Il a récupéré le ballon d'un joueur adverse et a foncé vers le but. Il était rapide, concentré et déterminé. Juste avant d'atteindre le but, il a tiré le ballon de toutes ses forces. Il a dépassé le gardien de but et est entré dans le filet. Son équipe a applaudi et Nico a couru vers moi en criant : "Tu as vu ça ? Tu as vu comment le ballon a volé dans le filet ? C'était imparable !"

J'ai souri, mais mon esprit n'était pas complètement là. La joie de mon petit frère, son enthousiasme, tout cela m'a rappelé l'époque où les choses étaient plus simples, avant le décès de maman. Depuis sa mort, nous avons dû lutter constamment pour maintenir cette chaleur dans notre maison. Mais voir Nico si plein de vie, si insouciant, m'a fait ressentir quelque chose que je n'avais pas ressenti depuis longtemps.

Avant que je puisse dire quoi que ce soit de plus, Nico m'a donné un léger coup de poing dans le ventre et m'a attrapé le bras, m'entraînant vers un petit garçon aux cheveux noirs et aux yeux bleus. "Louis, voici mon nouvel ami Jack ! Il est dans ma classe et il est génial au football, tout comme moi !" Nico était pratiquement plein de fierté lorsqu'il me présenta à Jack.

J'ai regardé Jack, qui m'a fait un sourire. "Hé Louis, j'ai marqué un but, mais tu n'étais pas là pour le voir", a-t-il dit.

J'ai ri, "J'aurais aimé pouvoir le voir. On dirait que tu es naturel."

Juste au moment où j'allais en dire plus, j'ai entendu une voix familière.

À ce moment-là, j'ai senti mon estomac se serrer et je savais exactement de qui il s'agissait.

LA FIN